早く家《うち》へ帰りたい

高階杞一

雄介に

もくじ

早く家《うち》へ帰りたい

勝手君

勝手君って覚えているか
と
久しぶりに会った小学校時代の恩師がきいた
ええ、覚えています
とぼくは答えた

おとなしく目立たない子だったけど
ぼくらはよく遊んだし
ケンカだってした
その彼の息子が今恩師の通う小学校にいるという
あれから三十年
もうそんなにも過ぎて
やっとこの世に出てきたぼくの息子は
今病室にいる
生まれてたった二日目で腹を切り

腸を切り取られ

まだ

鼻にチューブを入れられて

催促

雄介九ヶ月、四度目の手術の前に

春の土から
草が萌《も》え出すように
小さな歯茎から
小さな歯が二本
生えてきた

何か
噛むものをちょうだい
と
まるで催促でもするように

それにまだ
応えられないのが
つらい

愛

こどもがはじめて笑った日
ぼくの暗がりに
ひとすじの強いひかりがさしこんだ
生まれてはじめて見るような
澄んだあかるいひかり
その時

ぼくの手の中で
愛
という形のないものが
はじめて〈愛〉という形になった

そして
ぼくの〈愛〉はまだ病んでいる
病院の小さなベッドで
「苦しい」とか「痛い」とか

そんな簡単な言葉さえ
いまだ知らずに

ワンワン

こどもが
生まれて最初に覚えたことばは
ママとワンワン

人は誰を指してもママで

動物はどれもワンワン
（時には逆になることもあり）

ぼくは
毎日
ママになったり
ワンワンになったりしながら
職場に向かう

今日はワンワン
エサをもらうため
一日
おすわり　や　お手　ばかり
やっていた

返却

どうして人の体からは
きたないものばかりが出てくるんだろう
うんこやおしっこ
汗やフケや洟《はな》や垢《あか》や膿《うみ》やおならや言葉
出しても出しても
またわいてくる

どこに
こんなにつまっているんだろう

まるで汚物のかたまりみたいだな

すべてを吐き出し終えて
ひとは自分の命を終える
ぼくもまた
いつかどこかで糞《くそ》を出しつくして死ぬだろう

空に
風船があがっていく

春の土手に坐って
こどもといっしょにそれを見ながら
思う
死ぬ時は
ちょうどあんな具合に帰っていくのかもしれないな

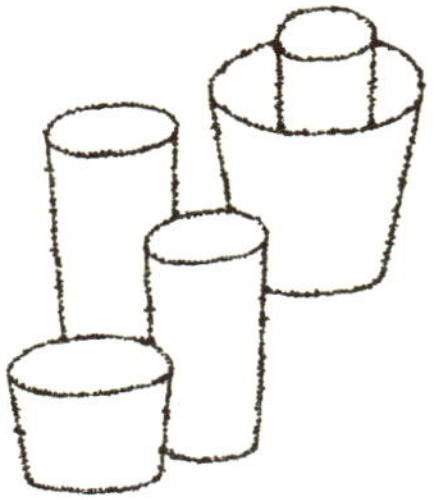

初めてこの世に出てきた日のように
ぼくらを
元通りの空っぽにして

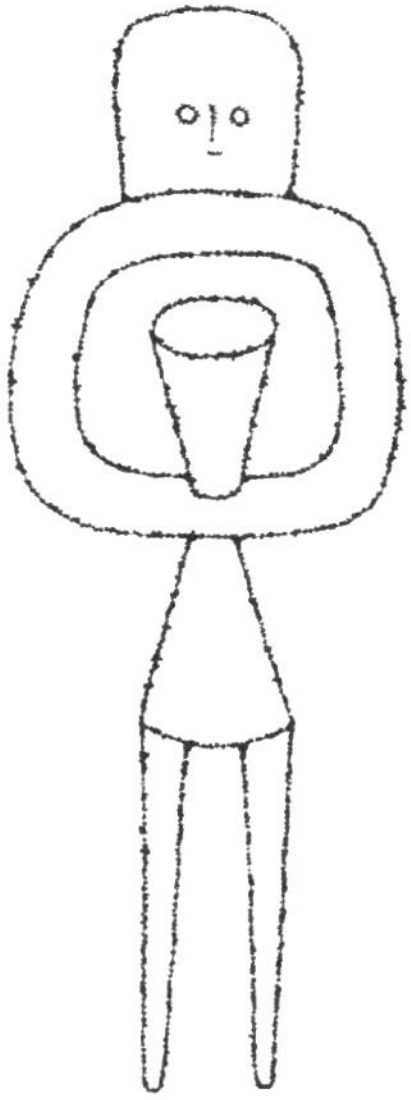

いない　いない

九月にやっと三つになったばかりのゆうすけは
ダンボール箱にはいるのが好きだ
ぼくの部屋にきて
置いてあるダンボール箱にはいっては
体をかがめ
ひとり

いない　いないい　をする
――あれれ　どこへいったのかな
と　とぼけると
ばあっ
と
うれしそうに顔を出す

バスに乗り　電車に乗って
パパは毎日

とても遠い場所に行く
そこにもダンボール箱はいっぱいあるけれど
パパは
はいったりはしない
じっとガマンして
その横を
通り過ぎていくんだよ

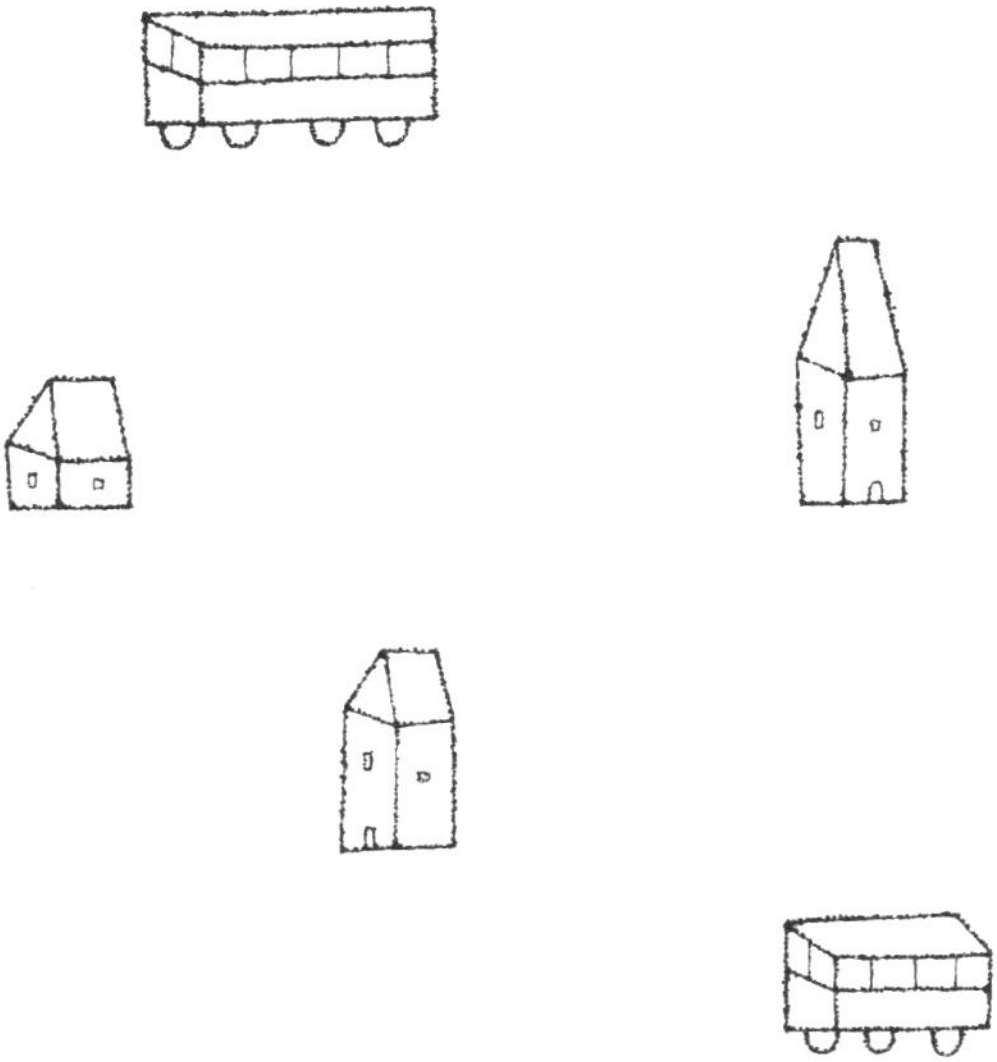

見えない手

こどもが生まれて初めて立ち上がる
お尻をうしろに突き出して
それから
よいしょ
とてもいうふうに
ゆっくりと手を床からはなして

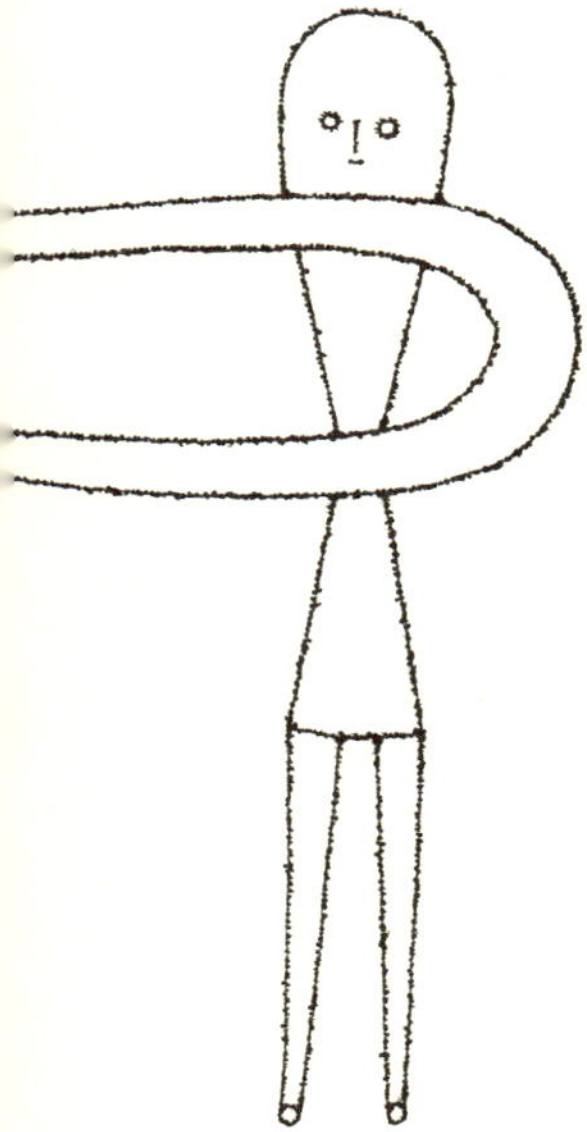

よろよろと
最初の数歩を歩む

何百万年か前
初めて二本の足で立ち上がったヒトが
そうしたように
手を前に差し出して
目の前の
いちばん近しいひとに向かって

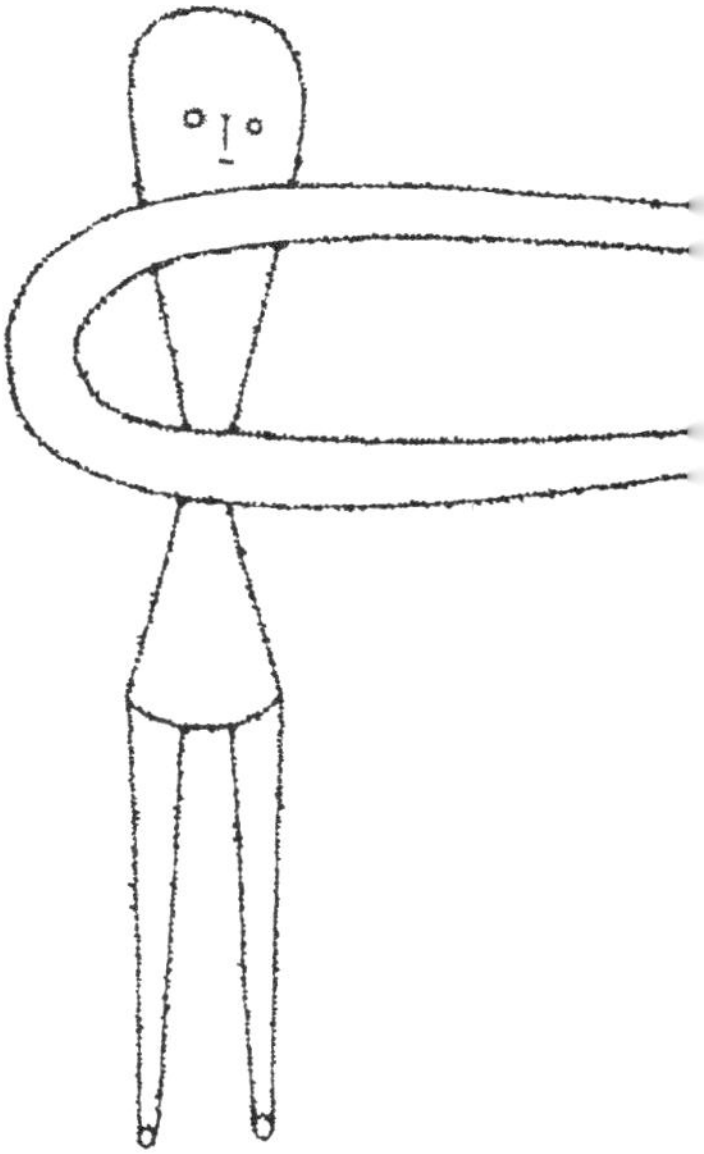

進む

ぼくも

時には
そんなふうに手をのばしたくなってくる
誰かに向かって

よく晴れた朝
こどもといっしょに窓から遠くを眺めていると

うしろから
そっと支えてくれる手が
ぼくにも
あるように思われてきて

あっち

ひとり部屋で机に向かっていると
こどもがやってきて
ぼくの手をひき
あっち
と言う
まだ片言しかしゃべれないから

後は身ぶり手ぶりで
あーあー　うーうー
どうやら　あっちへ行って　いっしょに遊んで
ということらしい
パパは今お勉強中だからまた後で
と言ってもきかない
ますます強くひっぱって
あーあー　うーうー
その

力の強くなってきたことに驚き
うれしくなりながら
手をひかれ
あっちへと向かう
その部屋にはおもちゃの車が散乱していて
こどもは嬉々としてそのまんなかにすわる
となりを指さし
口をとがらせて　パパー　と言う
言われるままに

となりにすわっていっしょに遊ぶ
車を一列に並べたり
走らせたり　衝突させたり　積み重ねたり　して
こどもはとてもうれしそうにはしゃぐ
こんなことで
こんなにもうれしくなれた日が
ぼくにもあった
はずだが……

初夏の　若葉のまばゆい季節
職場へ向かう道筋で
時折ぼくは
ぼくの　あっち　を想う
どっちへ行けば
もう一度
そんな場所に辿《たど》り着けるのか

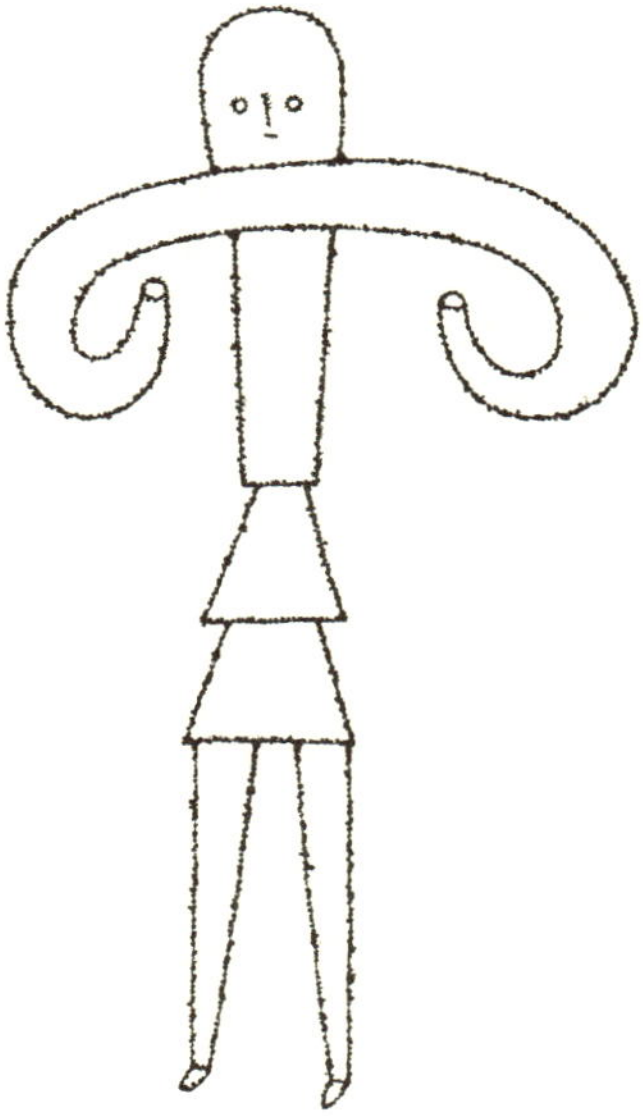

じょうだんやろ、ゆうすけ
死んだマネなんかして

ゆうぴー　おうち

平成六年九月四日、雄介昇天。享年三。

せまい所にはいるのが好きだった
テレビの裏側
机の下
本棚とワープロ台とのすきま
そんな所にはいってはよく

ゆうぴー　おうち
と言っていた
まだ助詞が使えなくて
言葉は名詞の羅列でしかなかったけれど
意味は十分に伝わった
最近は
ピンポーン　どうぞー　というのを覚え
「ゆうぴー　おうち」の後に
ピンポーン　と言ってやると

どうぞー
とすきまから顔を出し
満面笑みであふれんばかりにしていたが……

今おまえは
どんなおうちにいるんだろう
ぼくは窓から顔を出し
空の呼鈴を鳴らす

ピンポーン

どこからか
どうぞー　というおまえの声が
今にも聞こえてきそうな
今日の空の青

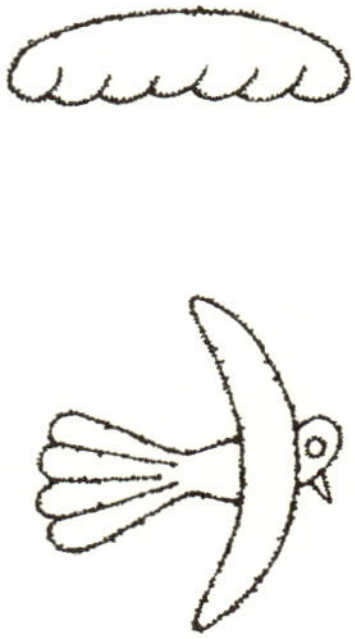

質問

年をふるにつれ
少しずつ受け身がうまくなってきた
職場での巴投《ともえ》げや大外刈り
家での妻のあびせ倒し
（おっと、これは相撲のわざか？）

その他
日々の背負い投げ
体落とし、払い腰、足払い、内股、等
どんな投げにも
そのつど我流の受け身で凌《しの》いできたが
今回のこの投げだけは強すぎた

いきなり見えない腕が胸倉をつかみ
ぼくを

激しく床に叩きつけ
行ってしまった

ぼくはまだ起き上がれずに
おまえのことばかり考えている
公園で遊んだ日のこと
プールに行った日のこと
スーパーや水族館や動物園や遊園地に行った日のことを
そして

おまえの笑っていた顔を

ぼくはもう四十三年も生きた
おまえはたった三つで逝《い》ってしまった
まだ受け身も知らないままに

その意味を
ぼくはぼくに問う
ぼくは神に問う

なぜ、まだこんなに小さく柔らかな者を
あなたは召されたのですか

晴れた朝の神への祈り

神の国はこのような者の国である。だれでも幼な子のように神の国を受け入れる者でなければそこに入ることは決してできない。
（新約聖書「マルコによる福音書」より）

休みの朝
まだ寝ているぼくを
こどもが起こしにやってくる
パパ、おっき、おっき

とフトンをはがし
手やパジャマをひっぱってさわぐ
それに根負けをした朝は
フトンの上で
そのまま
こどもと相撲をしてあそぶ
相撲に体重別はない
ハッケヨイ、ノコッタ、ノコッタ
なんて掛け声をかけながら

エイッ　とフトンの上にこどもを投げる
めりこんだフトンの中から体を起こし
こどもは
いかにもうれしそうな顔で
ひとさし指をたて
もう一度とせがむ
何度も　何度も　せがむ

こんなことなら

もっとやってやればよかったと思う
そんな朝
いつまでも床からぬけだせず
ひとり
こころの中でくりかえす

　ハッケヨイ、ノコッタ、ノコッタ、ノコッタ
ノコッタ、ノコッタ…　ノコラナ　カッタ……

この世は
投げ飛ばしたり投げ飛ばされたりの連続で
体重別制でもなければとてもやっていけない世界だけれど
神さま
もし叶うなら
もう一度あの子と相撲をとらせてください
上手投げでもすくい投げでもハンマー投げでも何でもいい
もう一度ぼくに
ゆうすけを投げさせてください

あの日と同じ
このまだぬくもりの残るフトンの上に

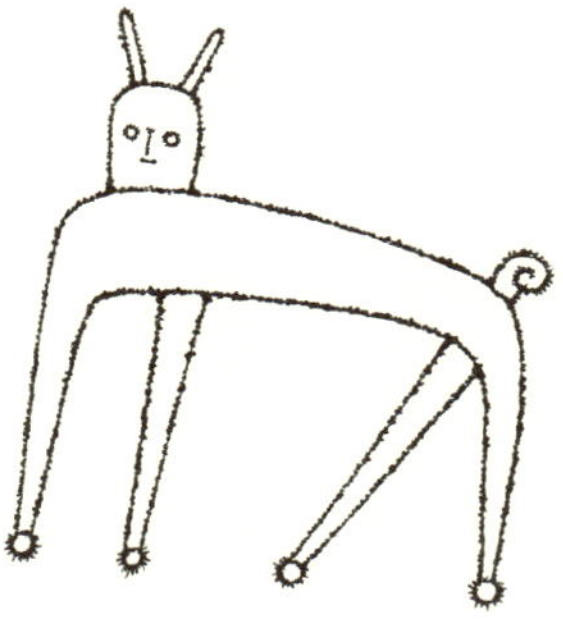

早く家《うち》へ帰りたい

1

旅から帰ってきたら
こどもが死んでいた
パパー　と迎えてくれるはずのこどもに代わって

たくさんの知った顔や知らない顔が
ぼくを
迎えてくれた
ゆうちゃんが死んだ
と妻が言う
ぼくは靴をぬぎ
荷物を置いて
隣の部屋のふすまをあけて
小さなフトンに横たわったこどもを見

何を言ってるんだろう
と思う
ちゃんとここに寝ているじゃないかと思う
枕元に坐り
顔を見る
頬がほんのりと赤い
触れるとやわらかい
少し汗をかいている
指でその汗をぬぐってやる

ぼくの額からも汗がぽたぽた落ちてくる
駅からここまで自転車で坂道を上がってきたから
ぬぐってもぬぐっても落ちる
こどもの汗よりも
ぼくは自分の汗の方が気になった
立ち上がり
黙って風呂場に向かう
シャワーで水を全身に浴びる
シャツもパンツも替えてやっとすっきりとする

出たら
きっと悪い夢も終わってる
死んだはずがない

2

こどもの枕元にはロウソクが灯され
花が飾られている

好きだったおもちゃや人形も置かれている
それを見て
買ってきたおみやげのことを思い出す
小さなプラスチック製のヘリコプター
袋から出して
こどもの顔の横に置く
(すごいやろ　うごくんやでこれ)
ゼンマイを巻くと
プロペラを回しながらくるくると走る

くるくるとおかしげに走る
くるくるとおかしげに走る
その滑稽な動きを見ていたら
急に涙がこみあげてきた
涙と汗がいっしょになって
膝の上に
ぽたぽた落ちてきた

3

こどもの体は氷で冷やされ
冷たく棒のようになっていた
その手や足や
胸やおなかを
こっそりフトンの中でさする
何度も何度もさする
ぼくがそうすれば

息を吹き返すかもしれないと
ぱっちりと目をあけ
もう一度
パパー　と
言ってくれるかもしれない、と

4

みんな帰った
やっとひとりになれて
自分の部屋に入っていくと
床にＣＤのケースが落ちていた
中身がない
デッキをあけると
出かける前とは違うＣＤが入っていた
出かける前にぼくの入れていたのは大滝詠一の「ビーチ・タイム・ロング」
出てきたのは通信販売で買った「オールディーズ・ベスト・セレクション」の⑩

デッキのボタンを押すたびに受け皿の飛び出してくるのがおかしくて
こどもはよくいじって遊んでいたが
CDの盤を入れ替えていたのはこれが初めてだった
まだ字も読めなかったし
偶然手に取ったのを入れただけだったのだろうが
ぼくにはそれが
ぼくへの最後のメッセージのように思われて
(あの子は何を聴こうとしたんだろう)
一曲目に目をやると

サイモン&ガーファンクル「早く家へ帰りたい」
となっていた
スイッチを入れる
と　静かに曲が流れ出す
サイモンの切々とした声が
「早く家へ帰りたい」とくり返す
それを聴きながら
ぼくは
それがこどもにとってのことなのか

ぼくにとってのことなのか
考える
死の淵からこの家へ早く帰りたいという意味なのか
天国の安らげる場所へ早く帰りたいという意味なのか
それともぼくに
早く帰ってきてという意味だったのか
分からないままに
日々は
いつもと同じように過ぎていく

ぼくは
早く家へ帰りたい
時間の川をさかのぼって
あの日よりもっと前までさかのぼって
もう一度
扉をあけるところから
やりなおしたい

紙ヒコーキ

おまえのいなくなった部屋に
紙ヒコーキがひとつ落ちている
ぼくが催してもらってきたもの
仕事が一段落したら
公園で飛ばしてやろうと思っていたが
その前に

おまえの方が空高く
いってしまった

休日のよく晴れた午後
外に出て
ひとり公園に行く
楽しげに親子連れが遊んでいる
ボールを蹴ったり
バドミントンをしたり

砂遊びをしたり……

ぼくは
持ってこなかった紙ヒコーキを手に持って
思いきり
空に向かって飛ばす
それは高く軌跡を描いて飛んでいく
おまえはよろこぶ
ぼくのとなりで

そうしていつまでも
ふたりでその跡を追っている

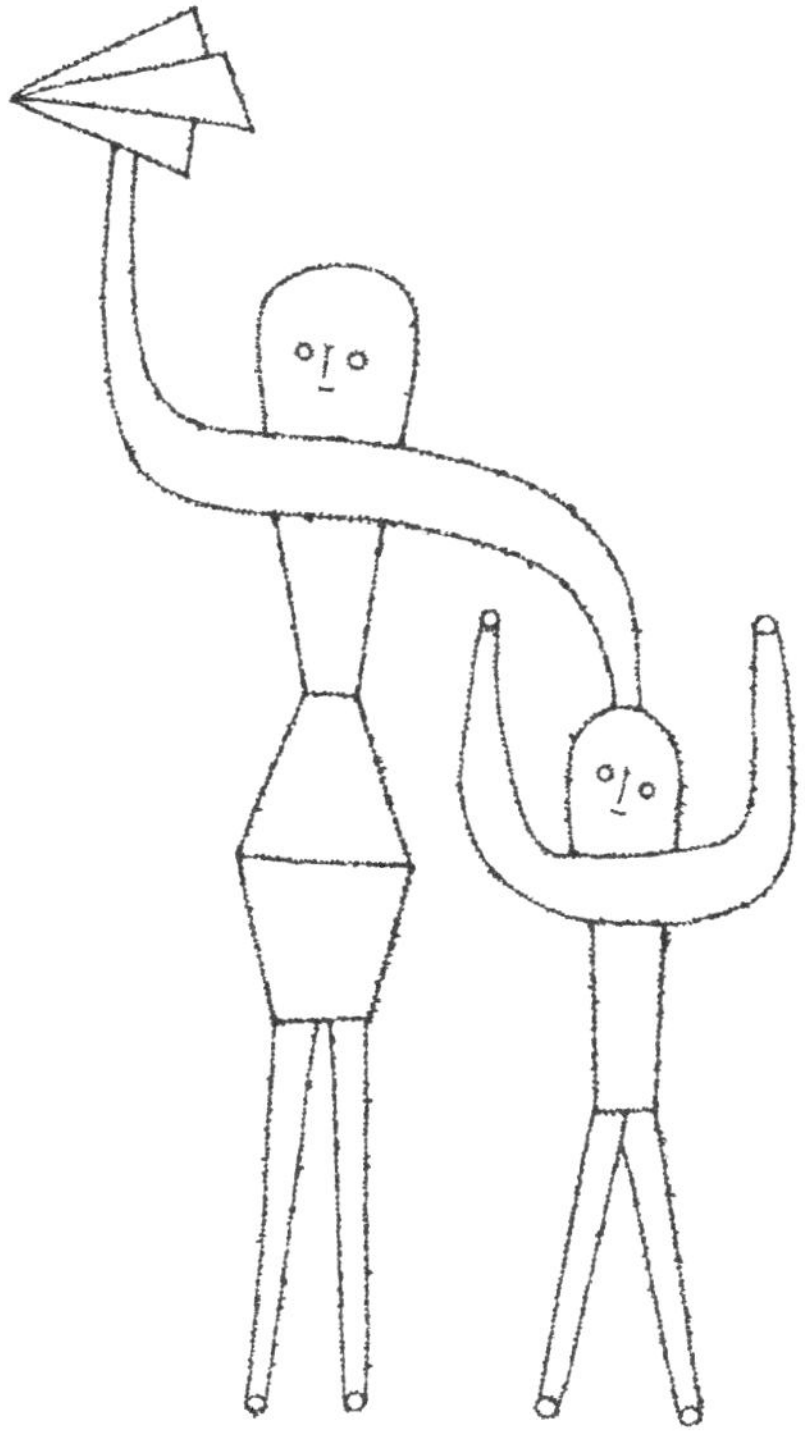

また今度

あした　と　きょう
がやっと言えるようになってきて
（その意味の違いも分かるようになってきて）
どこかへつれていってほしいと思う時
例えば
バンバン、バンバンバン*とうるさくせがむ時

また今度、とか言うと
怒って
きょう、きょう　とくり返す

今日はだめ
少し強めにそう言うと
首をかしげ
あした？　と弱々しげにきく
明日もだめ、また今度

その途端
いや、きょう、きょう、と
泣いてしがみついてくる
それでも放っておいたばっかりに

ぼくには
永遠に
その　また今度が　来なく
なってしまった

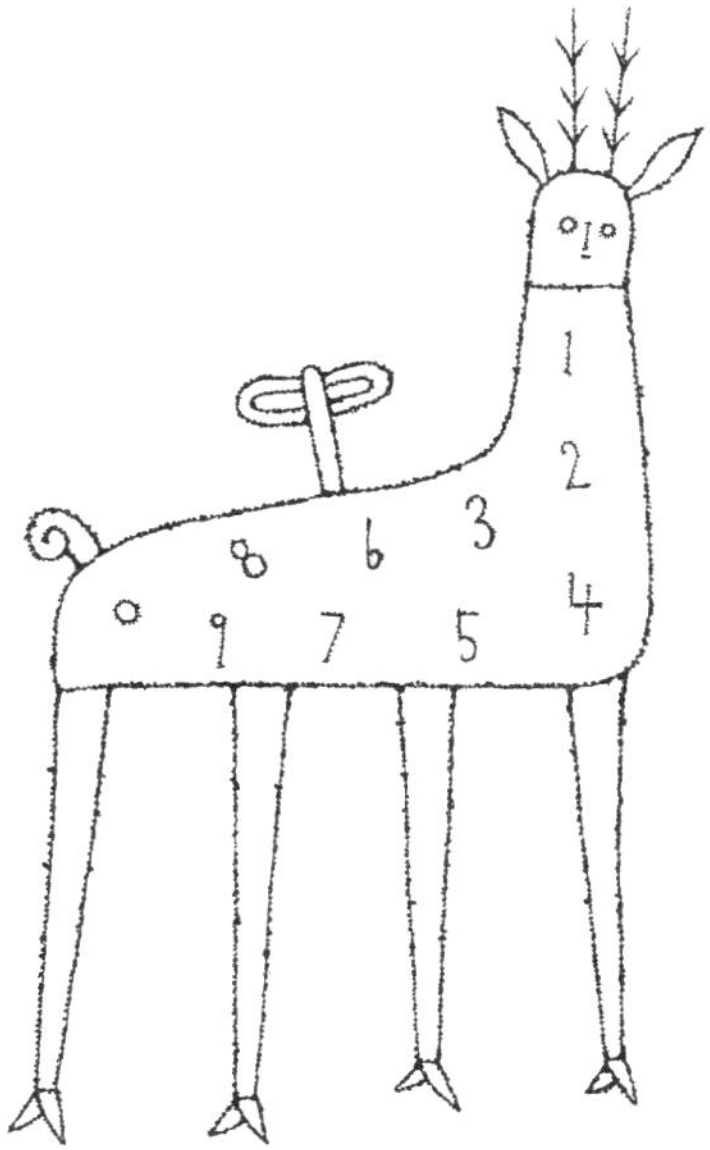

＊バンバン　近所のおもちゃ屋の名前

パパのまま

パパ、ママ
なんていやだったけど
どうしても
おとうさん　の五文字が言えず
仕方なく
パパで折れることにした

パパ、ブーブー
パパ、うんうん
パパ、あっち
パパ、ねんね
パパ、おっき

まあいいか
もう少し大きくなったら

徐々におとうさんに変えていこう
と思っていたのに
突然
おまえはこの世から消えて
ぼくは
パパのままで終わるしかなくなった
あんなにいやだったパパなのに
今はもう

パパと
呼んでもらえないことが
つらい

マーメ

まだ小さくて
ゆうすけはダメがうまく言えない
どうしてもマメと聞こえてしまう
それをどこかのコマーシャルソングみたいに
マメ　マメ　マーメ
とからかうと

それにも
マーメ
と口をとがらせて怒る

　パパ、マーメ
　パパ、マーメ

その声が
今も時折ぼくのどこかで響く

ぼくが何かまちがったことをしそうになる時
まちがった方向へ行こうとする時
その声が
ぼくのどこかで響く
そうして
おまえがなくなって最初の春を
ぼくは
おまえに叱られながら行く

ジョーシン、バンバン、ダイエー

ジョーシン、バンバン、ダイエー
というのがこどもの口癖だった

夜、仕事から帰ってくると
どこにいてもとんできて
おかえり

の代わりにまず
ジョーシン、バンバン、ダイエー
休みの日
まだ寝ているぼくを起こしにきては
ジョーシン、バンバン、ダイエー
机に向かっていても
ジョーシン、バンバン、ダイエー
三つはダメ　ひとつだけ

そう言うと
少し考えて
バンバン！　とうれしそうに言う
時にはそれが
ジョーシン！　になったり
ダイエー！　になったりもする

バンバンはおもちゃの専門店
ジョーシンは大型家電販売店

ダイエーはスーパー
それぞれにおもちゃを並べたコーナーがある
ミニカーが大好きで
どこに行ってもまずそれの置いてある場所へ行く
もう何十個と持っているのに
行くたびに違うくるまを欲しがる
買ってやらないと
むずがってそこを離れようとしない
床にはいつくばって泣き叫んだこともあった

ジョーシン、バンバン、ダイエー
ジョーシン、バンバン、ダイエー

その口癖を思い出しながら
ぼくは
もう誰の目にも見えなくなったこどもを連れて
時折
ジョーシンやバンバンやダイエーに行く

こどもはすぐにミニカーの方にかけていく
どれがいい？
聞きながら　くるまを選び
レジに持っていく
店員には
こどもが家で待っている
みたいな顔をして

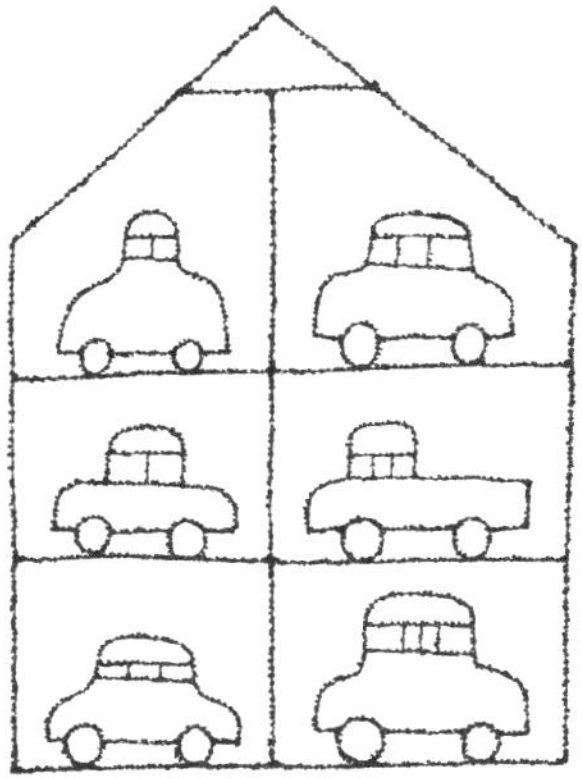

信号機の前で

1

信号を見るたびに
こどもはまるで歌うように言う

あか　だめ

あお　いい

き？

黄は注意

何度そう教えても

信号を見るたびにくりかえす

あか　だめ

あお　いい

き？

黄は注意
そうくりかえすぼくにも
黄のほんとうの意味はよく分からない
進んでいいのか
とまるべきなのか

生きている途中にも
たくさんの信号があって
それが急に黄に変わるような時
ゆうすけ
おまえのように
パパも
き?
と
誰かに問いたくなることがあるんだよ

2

たぶんママに教えられたんだろう
青になると手をあげて
こどもは
横断歩道をわたる

その日もたぶん
青で

手をあげて
おまえはいってしまった
もう誰の手も届かないところへ　たったひとりで

パパはじっと
おまえのいってしまった方を見る

空の奥処《おくか》
その
赤も黄もない場所を

3

あか　だめ
パパ　あか　だめ

と
まだたった三つのおまえに叱られながら
ずいぶんと赤でわたってきた
が

今
信号機の前で
ぼくは
ひたすら青になるのを待っている

あか　だめ
パパ　あか　だめ
と
口をとがらせて言うおまえの声を
思い出しながら

4

青になった
さあ　いくよ

こどもの手をひいて
ぼくは横断歩道をわたる
行手には
春が待っていて
おまえは歌いながらいく

あか　だめ
あお　いい
き？
黄は　ちゅうい

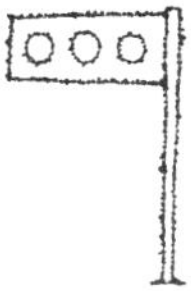

永遠

パパ、なあに？

そんな声に起こされて
窓をあけると
外は
いちめんのみどり

空には
たくさんの交通標識が立っていて
おまえは
そのひとつひとつを指さしながら
ぼくにきく

パパ、なあに？

あれは　一方通行
こっちからあっちにしかいけないんだよ
あれは　追い越し禁止
こんなふうに追い越しちゃだめ、ということ

わかった?

うん

おまえはとってもいい顔でわらう

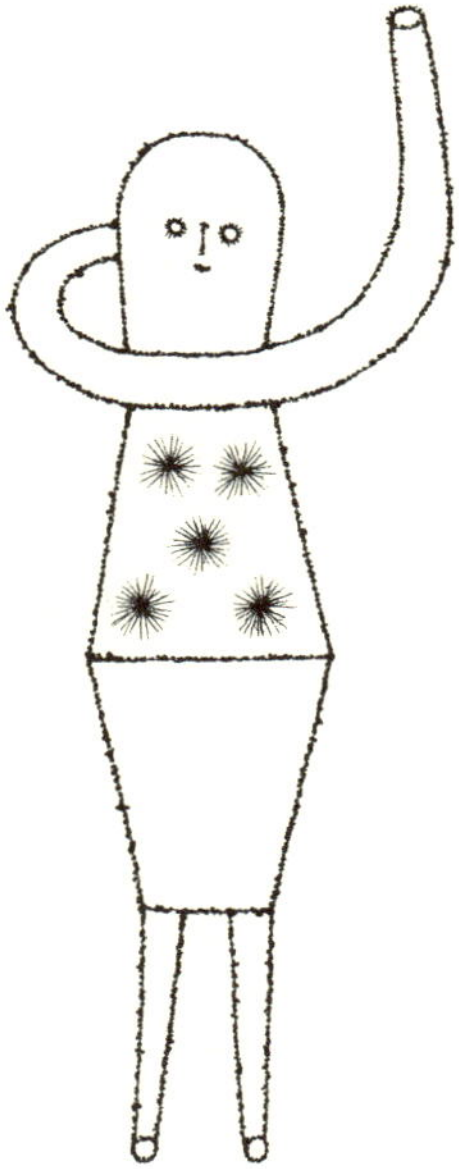

あとがき

一九九四年九月四日早朝、突然発作を起こし、一子雄介はあっけなくこの世を去りました。四才の誕生日までちょうど後二週間を残しての死でした。

まだおなかにいる時から腸に異常（腸閉塞の疑い）があると病院から指摘されていて、生後二日目に小腸の一部を切除する手術を受けました。しかし、その後もいっこうに便が出ず、一ヶ月半後、腸の癒着が原因だろうと二度目の手術が行われました。が、それでも便は出ず、おなかだけがふくれ、日に日に痩せ衰えていき、不安のまま、やっと病院から本当の原因が分かったと知らされたのは、生後三ヶ月目のことでした。

便が出ないのは腸に神経がないため、という担当医の説明が、どこか別の世界の出来事のように聞こえました。

ヒルシュスプルング氏病という舌を噛みそうな病名で、腸のごく一部に神経がないというのはよくあるが、この子のようにその大半に神経がないというのは稀とのこと。ほとんど手の施しようがないと言われ、言葉も出ず、ただ助かってくれと祈るよりほかにありませんでした。

翌日、担当医から再説明があり、とりあえず人工肛門を作り、腸の中の雑菌等を取り除き、体力の回復を待って、最終的に小腸の健全な部分と大腸の一部とをつなぐ手術をしたいとのこと。手術自体うまくいっても、その後の成育は保証できないという相変わらずの悲観的な説明でしたが、それでもその方法に託すよりなく、暮れも押しつまった十二月二十六日、三度目の手術が行われました。病室に戻ってきた雄介のおなかからはチューブが出ていて、そこから便が出てくるのが見えました。黄色いそれは液でした。

翌年七月、四度目の最終的な手術。小腸の大半と大腸のほとんど全てが切除され、残った部分がつながれました。

その後は順調に回復し、やれやれと思っていたら、その二ケ月後、突然腸に穴があき、緊急の手術となりました。生死の境をさまよう状態が何日も続き、一時は覚悟もしましたが、多くの人の助けをかりて徐々に危険な状態を脱していきました。

生まれてわずか一年の間にこのような大きな手術を五度も受け、その苦痛はいかほどであったかと思わずにはいられません。でもそれに耐え、雄介は生きようとしてくれました。この五度目の手術以後も、点滴チューブをおなかへ埋め込むという、それまでの手術と比べると比較的軽易ではありましたが、それなりに注意を要する手術が半年に一度くらいの割合でありました。思えば絶えず手術の連続で、不憫でしたが、苦痛に落ち込むこともなく、いつも明るさを失わずにいてくれて、それがずいぶんと救いになりました。

生まれて三年目の初夏に、やっと退院の許可が出て、我が家で一緒に暮らせるようになりました。この頃から目に見えて元気になっていき、翌年の春には、思ってもみなかった幼稚園にも通えるようになりました。動物園や水族館や遊園地に行き、亡くなるほんの数日前にはプールにも行って、元気にはしゃいでいました。

もう大丈夫、このまま何とか育ってくれる、と思い始めた矢先の死でした。死体解剖をしなかったので死因は不明ですが、担当医の話では、点滴だけでは十分な栄養がゆきわたらず、内臓にも負担がかかっていたのではないか、ということでした。
親としてはやりきれない最期ですが、四年弱という短い生涯を、彼は彼なりに精一杯に生き、自分に託された使命を終えて天に召されたのだと思います。

この本を、雄介を愛し、見守ってくださった多くの方々に捧げます。そして天国にいるゆうぴーに、いつの日かもう一度ここに戻ってきてくれるようにとの願いをこめて。

一九九五年　初夏　高階杞一

復刊に際して

本書は刊行以来、たくさんの方から感想のお便りをいただきました。同じように愛する家族を亡くされ、それゆえ共感するとの感想も少なからずありましたが、大半はごく普通に生活を送っておられる方々からのものでした。そして、その感想の多くに、生きる意味や命の重さについて考えさせられたと記されていました。これは自分にとって意外なことでした。

ここに収めた作品は、どれもきわめて私的な事柄を題材にしています。難病を抱えて生まれてきた息子へのさまざまな思いを、あふれるままに詩という形で綴ったものでした。ですから、こうしたものが他者に広く受け入れられるとは思いもしないことでした。でも多くの読者は、単なる個人のこととしてではなく、普遍的な「いのち」の意味を問うものとして読んでくださったようです。これは作者にとってありがたいことでした。

雄介が亡くなってからすでに二十年近い日が過ぎました。

刊行時のあとがきに書いた「もう一度ここへ戻ってきて」という願いは、今、その長い時間を振り返ってみると、最初から叶えられていたように思えます。亡くなってからも雄介はいつもそばにいて、ぼくに語りかけてきてくれました。ひとりでご飯を食べているときも、犬と散歩しているときも、どこか遠くを旅しているときも、ずっとそばにいて、三つの時の姿のままに語りかけてきてくれました。そして、その姿のひとこまひとこまがたくさんの詩になりました。読み返せば、いつでも雄介はここへ戻ってきます。

もうだいじょうぶ

最近書いた詩に、そう記しました。二十年近い時を経て、やっと雄介にそう言えるようになったようです。ここへ来るまで、思えばずいぶんと長い旅でした。

最後に、この詩集を再び陽の当たる場所に戻してくださった夏葉社の島田潤一郎氏に深く感謝の意を表します。

二〇一三年　早春　高階杞一

詩集『早く家へ帰りたい』制作日および初出誌

勝手君　一九九〇年十一月十七日　ガーネット　VOL.2
催促　一九九一年七月十五日　櫻尺　四号
愛　一九九一年九月二日　RENTAI NO.27
ワンワン　一九九二年九月二日　RENTAI NO.35
返却　一九九二年十二月三十一日　アーガマ　'93　春季号
いない　いない　一九九三年十月二十五日　RENTAI NO.60
見えない手　一九九四年三月二十一日　詩学　'94　五月号
あっち　一九九四年五月十五日　アーガマ　'94　夏季号
ゆうぴー　おうち　一九九四年九月十五日　アーガマ　'95　冬季号
質問　一九九四年十月一日　詩人会議　'95　一月号
晴れた朝の神への祈り　一九九四年十月二日　幻想時計　NO.9
早く家へ帰りたい　一九九四年十一月十六日　ガーネット　VOL.14
紙ヒコーキ　一九九四年十一月二十日　樹林　'95　一月号
また今度　一九九五年一月五日　アーガマ　'95　春季号
パパのまま　一九九五年一月十三日　交野が原　三十八号
マーメ　一九九五年一月十三日　RENTAI NO.87
ジョーシン、バンバン、ダイエー　一九九五年六月九日　書き下ろし
信号機の前で　一九九五年三月十九日　ガーネット　VOL.15
永遠　一九九五年五月二十一日　アーガマ　'95　夏季号

本書は、一九九五年十一月に偕成社より刊行されました。

高階杞一（たかしなきいち）
一九五一年大阪生まれ。既刊詩集に『キリンの洗濯』（あざみ書房・第四〇回H氏賞）、『空への質問』（大日本図書・第四回三越左千夫少年詩賞）、『桃の花』（砂子屋書房）、『雲の映る道』（澪標）などがある。二〇一三年『いつか別れの日のために』（澪標）で、第八回三好達治賞受賞。

早く家《うち》へ帰りたい〈新装版〉

二〇一九年一月三〇日　第一刷発行

著　者　高階杞一
発行者　島田潤一郎
挿　画　望月通陽
装　幀　櫻井久（櫻井事務所）
発行所　株式会社 夏葉社
〒一八〇-〇〇〇一
東京都武蔵野市吉祥寺北町
一-五-一〇-一〇六
電話　〇四二二-二〇-〇四八〇
http://natsuhasha.com/
印刷・製本　中央精版印刷株式会社

定価　本体一六〇〇円＋税

ISBN 978-4-904816-31-8 C0092 Printed in Japan